AF336306

LE CHOIX

DES

MINISTRES

FAIT LA GLOIRE DES ROIS.

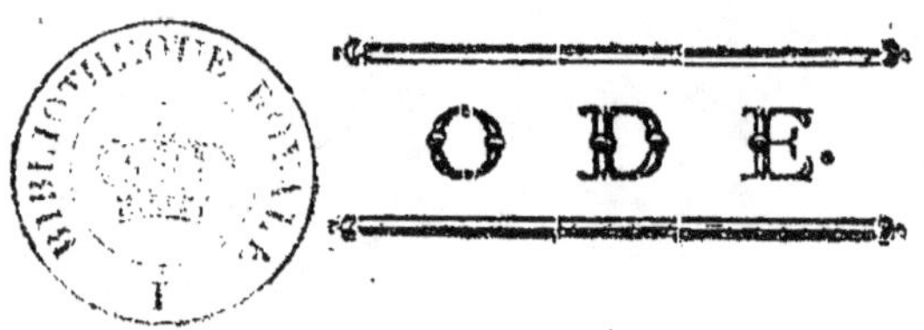

ODE.

LE CHOIX

DES

MINISTRES

FAIT LA GLOIRE DES ROIS.

ODE.

Par M. L. B.

A PARIS,

Chez LE JAY, Libraire, rue Saint-Jacques.

M. DCC LXXV.

LE CHOIX

DES

MINISTRES

FAIT LA GLOIRE DES ROIS.

ODE.

Rois, Pasteurs des Humains, avoués du Ciel même,
Si son ordre a fondé votre gloire suprême
Sur leur félicité,
Qui formera la main qui tient le sort du monde
Au grand Art d'épancher l'urne toujours féconde
De la Prospérité ?

A iij

Le Citoyen ; lui feul dont la voix libre & pure
Ofe vous rappeller aux Loix de la Nature,
Sans crainte & fans efpoir ;
Et préfenter fans ceffe à votre ame attendrie
Le foin de prévenir les pleurs de la Patrie,
Votre premier devoir.

Par lui, par fes travaux, la Juftice adorée ,
Du fiécle fortuné de Saturne & de Rhée
Ramène les douceurs ;
Et le Ciel appaifé, renfermant fon tonnerre ,
D'un regard complaifant voit regner fur la terre
Et les Loix & les Mœurs.

Mais de la Cour des Rois furveillante ombrageufe,
L'Ambition, l'Envie & l'Intrigue orageufe,
Signalant leurs forfaits ,
Au Génie éclatant qui les eût éclairées ,
Aux Talens, aux Vertus vainement honorées ,
En défendent l'accès.

S'ILS forcent ce rempart, c'eſt à la voix d'un Maître,
Qui, plein de leurs leçons, digne de les connoître
    A leurs ſimples attraits,
Ecraſe avec mépris la cohorte enchaînée
De ces monſtres impurs, dont l'audace effrénée
    Oſe prendre leurs traits.

    QUEL ſera donc ce Sage, Elève de Minerve,
Que défend ſon Egide & ſon ſouffle préſerve
    De leur obſcur poiſon;
Dont jamais de l'Erreur la flamme fantaſtique
Des trompeuſes vapeurs d'un ſommeil léthargique
    N'obſcurcit la raiſon ?

    SERA-CE un fier Deſpote, un infâme Tibère,
Se jouant ſans pudeur du monde tributaire
    De ſes honteux deſirs ?
Sera-ce un vil Créſus, énervé de molleſſe,
Eſclave couronné, qu'une aveugle pareſſe
    Endort dans les plaiſirs ?

A iij

Non, ce fera des Rois l'exemple & le modèle ;
Ce fera vous Trajan, Titus ou Marc-Aurèle,
 L'honneur du genre humain,
Dont, par la Vérité, les ames enflammées
Ont fçu, du vrai bonheur, aux Nations charmées,
 Applanir le chemin.

Ce fera toi, LOUIS, toi leur Rival fublime ;
Toi qui, marqué du fceau que la Patrie imprime
 A fes vrais demi-Dieux,
Sais te multiplier en des Sages qu'on aime,
Et daignes emprunter de leur fageffe même
 Et l'oreille & les yeux.

Quel garant de ta gloire, à jamais renaiffante,
Que ce Confeil augufte où ton ame agiffante
 Réfléchit fon éclat ;
Ce Temple des Vertus, dont le flambeau t'éclaire,
Et qui n'offre à nos yeux que l'heureux Sanctuaire
 Du bonheur de l'Etat !

PAR quel attrait, vers toi, par quel charme invincible,
Entraîne tous les cœurs, ce Génie invisible,
        Présent à tes décrets ;
Qui, pénétrant des Rois la profonde Science,
A ta jeunesse active a de l'expérience
        Ouvert tous les secrets ? (*)

DE mille obscurs Tyrans victime infortunée,
Dans un gouffre d'horreurs la Patrie entraînée
        Réclamoit un appui ;
Tu parois, tout s'anime & je la vois renaître
Sous un nouveau Sully, qui, digne d'un tel Maître,
        Ne chérit qu'elle en lui.

SENSIBLE aux seuls attraits d'une gloire solide,
Il marche d'un pas ferme & d'un front intrépide
        Où l'appelle son cœur.
Dédaignant la Fortune, à sa Vertu fidèle,
Et riche de ses dons, il ne cherche qu'en elle
        Son lustre & son bonheur.

(*) On a cru devoir employer les expressions d'un grand homme pour
en caractériser un autre. Voyez le Discours de M. de Lamoignon de Males-
herbes, prononcé à l'Académie Françoise, le Jeudi 16 Fév. 1775, page 16.

Il n'en élève point l'infolent édifice,
Sur le mépris des Loix , l'oubli de la Juftice ,
Et l'horreur des Humains ;
Comme on vit ces Verrès, déteftables vampires ;
Ardens à s'engraiffer du pur fang des Empires
Defféchés fous leurs mains.

Poursuis , fidele efpoir , foutien de la Patrie ;
Sully, du haut des Cieux , t'applaudit & s'écrie ,
Noblement attendri :
» A tes pas triomphans j'entr'ouvris la barriere ;
» Heureux qui, comme toi , remplira la carriere
» Sous un autre Henri !

» Que ces chemins pompeux, canaux de l'abondance
» Ouverts par le Génie & par la Vigilance, (1)
» A nos riches Cités ;
» Monumens de grandeur, par des Loix fecourables
» Du fang de l'innocent , des pleurs des miférables
» Ne foient plus cimentés !

____

(1) Nos grands chemins déja plus beaux que ceux de l'ancienne Rome ,
le deviennent de jour en jour davantage par le zele infatigable de M. Tru-
daine , un des plus éclairés protecteurs des Arts, & des plus occupés du bien
public.

» QUE Cerès, sans contrainte, épanche ses largesses, (1)
» Que, sur ses pas, Mercure, étalant ses richesses, (2)
» En inonde nos bords.
» Arts, enfans de la Paix, Troupe aimable & chérie,
» Accourez à leur voix, venez de l'Induftrie
» Couronner les efforts.

» QU'ON ne calcule plus ces fyftêmes perfides
» Par qui feuls, dans les fers de fes Tyrans avides,
» Gémit la Liberté ;
» Et qui, livrant le pauvre au riche qui l'accable,
» Ouvrent un champ trop vafte à l'ardeur indomptable
» De la Rapacité.

» LA Fraude, à mon afpect, confondue & bannie,
» Souleva contre moi l'affreufe Calomnie,
» Lâche & cruel afpic ;
» S'il ofe contre toi lever fa tête impure,
» Venge-toi de fa haine & de fa rage obfcure
» Par le bonheur public. »

---

(1) L'Agriculture.
(2) Le Commerce.

Oui, telle que sur l'Onde orageuse ou tranquille,
Ta nef, sage Tiphys (1), triomphante & docile,
Vole au port souhaité;
Tel le vaisseau public, quand la Vertu le guide,
Bravant les Aquilons, cingle, d'un cours rapide,
Vers la Félicité.

Cependant, ô Vertu! Jouis de ton empire;
Tandis que ces Héros que ton ardeur inspire,
Ne regnent que par toi,
Le Peuple qui dans eux, à ton éclat aimable,
Reconnoît les Auteurs d'un bonheur immuable,
Les adore en son Roi.

Entends-tu ces concerts, ces échos de leur gloire?
Tous les siecles charmés consacrent la mémoire
Du Prince & du Sujet.
Ils bénissent dans l'un, l'ami de la Justice;
Dans l'autre, l'instrument de sa bonté propice,
Dont il fut un bienfait.

---

(1) Pilote des Argonautes.

AINSI , vainqueur des temps , d'Amboife vit encore.

Son nom rappelle un Roi , d'un Peuple qui l'adore
Le père & le foutien.

Ainfi, de ta grandeur les Appuis tutélaires ,

D'âge en âge, ô LOUIS! fur les Héros vulgaires ,
Elèveront le tien.

⚜

MAIS, parmi ces grands Cœurs, ces Aftres de la Fran ce,

Dont l'utile lumiere & l'heureufe influence
Raniment fa langueur ;

Quel Soleil , triomphant des plus fombres nuages ,

Remplit encor les Cieux , au-deffus des orages ,
De fa vive fplendeur ?

⚜

LONG-TEMS on admira, dans ce vafte Génie ,

Des plus rares Talens l'étonnante harmonie ,
Demofthéne & Platon.

Pourquoi faut-il, ô Ciel ! que ton courroux éclate ,

Pour nous montrer en lui , dans l'ame de Socrate ,
Ariftide & Caton !

⚜

Hélas ! A peine encore échappé des tempêtes ,
Qu'un souffle destructeur élevoit sur nos têtes ,
Et défiant leurs coups,
Peuples, aux pieds du Trône il apportoit vos larmes ;
Et son cœur éloquent, touché de vos allarmes,
Ne s'ouvroit que pour vous.

AH ! si le Ciel, comblant les dons de sa clémence,
A ce Trône immortel, notre unique espérance,
Donnoit un tel Appui ! …
Que dis-je ? ô doux transports ! ô bonté paternelle !
N'entends-je pas LOUIS, dont la Vertu l'appelle,
Et marche devant lui ?

O vous ! qui, prévenant l'allégresse publique,
Ornez de vos lauriers sa couronne civique ,
Présent de notre amour,
Fils du Dieu du Génie, Arbitres de la Gloire,
Par des chants de tendresse & des cris de victoire,
Consacrez ce grand jour !

Qui mieux que lui jamais, pénétré de ces flâmes
Dont cet enfant des Cieux nourrit les grandes ames,
En déploya l'ardeur ;
Et qui pour vous enfin plein d'un amour plus tendre,
Sur vos heureux travaux pourra jamais répandre
Un éclat plus flatteur ?

S'il brille à vos regards & dans ce rang augufte
Qui feul peut diftinguer & le Sage & le Jufte,
L'Homme & le Citoyen ,
Il n'eft pas moins fenfible à vos nobles merveilles,
Et n'en fera pas moins de vos favantes veilles
Le centre & le lien.

Et toi, qui, dans le fang dont il a reçu l'être,
Vis toujours éclater ce zèle pour ton Maître,
Pour toi, pour ta grandeur ;
France, crois qu'en fon ame il fe ranime encore,
Et rends grace à LOUIS, dont la bonté t'honore
D'un fi grand Protecteur.

MAIS, si tu dois ton lustre aux soins de tant de Sages,

Qu'avec toi l'Univers répète, en tous les âges,

Pour la leçon des Rois :

» La gloire offre à vos vœux des palmes immortelles,

» Rois, mais c'est par les mains des Ministres fidèles,

» Par qui règnent les Loix.

F I N.

Lu & approuvé, ce 2 Septembre 1775. CREBILLON.

Vu l'Approbation, permis d'imprimer, à la charge d'enregistrement à la Chambre Syndicale ; ce 2 Septembre 1775. ALBERT.

www.ingramcontent.com/pod-product-compliance
Lightning Source LLC
LaVergne TN
LVHW010106060726
842524LV00006B/2352